Dora Heldt

Sommer. Jetzt!

Sonnige Geschichten in Einfacher Sprache

Spaß am Lesen Verlag
www.einfachebuecher.de

Diese Ausgabe ist eine Bearbeitung des Buches *Sommer. Jetzt!*
von Dora Heldt.
Lizenzausgabe mit Genehmigung der dtv Verlagsgesellschaft, München.

Text Originalfassung: Dora Heldt
Bearbeitung in Einfacher Sprache: Judith Kutzner
Cover: Windmill Productions

ISBN 978-3-947185-38-2

Dora Heldt

Sommer. Jetzt!

Sonnige Geschichten in Einfacher Sprache

Schwierige Wörter oder Ausdrücke sind unterstrichen. Die Erklärungen stehen in der Wörterliste am Ende des Buches.

Inhalt

Schwimm-Abzeichen

Kapitel 1
Winterspeck

Heinz hat ein Problem.
In den Winter-Monaten ist sein Bauch
wieder dicker geworden.
Heinz isst sehr gerne.
Er geht aber nicht so gerne raus, wenn es kalt ist.
Und im Winter ist es oft kalt draußen.
Heinz sitzt lieber im warmen Wohnzimmer.
Er bewegt sich zu wenig
und sein Bauch wird immer dicker.
Heinz hat das Problem jedes Jahr, seit er in Rente ist.
Immer wieder sagt er zu sich selbst:
„Los, Heinz, beweg dich!"
Aber dann ist es so gemütlich auf dem Sofa.
Und Heinz bleibt sitzen.

Jetzt kommt bald der Sommer.
Heinz will seine neue Sommerhose anprobieren.
Er steht vor dem Spiegel im Schlafzimmer.
Er zieht und zerrt an der Hose herum.
Aber sein Bauch passt nicht in die Hose.
Seine Frau Charlotte steht neben ihm und sieht zu.
„Heinz, woher hast du denn diesen dicken Bauch?
Ich glaube, wir müssen ab morgen Diät machen."

Heinz seufzt.
Er weiß schon, was seine Frau
als Nächstes sagen wird.
„Du kannst doch auch wieder
ein bisschen Sport treiben“, sagt Charlotte.
„An den Strand kannst du so jedenfalls nicht gehen.
Nicht mit diesem Bauch!“
Dann schaut sie auf ihre Uhr.
„Na los, Heinz. Beeil dich ein bisschen.
Wir haben im Garten viel zu tun.
Ich geh schon mal raus und fang an.“

Heinz und Charlotte wohnen auf der Insel Sylt.
Im Sommer sind die Insel-Bewohner oft am Strand.
Sie treffen sich mit der Familie und mit Freunden.
Am Strand trägt man meistens
eine Badehose oder einen Badeanzug.
Und da sieht ein dicker Bauch nicht so gut aus.

Heinz seufzt noch einmal.
Dann zieht er die neue Sommerhose wieder aus.
Für die Arbeit im Garten reicht auch
eine alte Sporthose.
Die ist wenigstens bequem und kneift nicht.
Vielleicht hat seine Frau ja recht.
Dieser Bauch muss auf jeden Fall weg!

Kapitel 2
Vorbereitungen

Charlotte liebt ihren Garten.
Sie freut sich, wenn der Garten im Sommer
voller Blumen ist.
Natürlich bedeutet das auch viel Arbeit.
Zuerst holt Charlotte die Blumen-Töpfe
aus dem Schuppen.
Dort stehen die Töpfe, weil sie im Winter
nicht gebraucht werden.
Auch die Garten-Möbel sind den Winter über
im Schuppen untergestellt.
Charlotte winkt Heinz,
damit er sich ein bisschen beeilt.
„Komm schon, Heinz, den Gartentisch
kann ich nicht alleine rausholen.
Und die Stühle müssen auch raus."

Gemeinsam schleppen sie die Möbel in den Garten.
Alles muss sauber gemacht werden.
Die Möbel und Töpfe sind voller Staub.
An manchen hängen auch ein paar Spinnweben.
Heinz hat ja jetzt genug Zeit
und kann seiner Frau im Garten helfen.
Die sauberen Möbel kommen auf die Terrasse.
Dort sitzen Heinz und Charlotte im Sommer
sehr gerne.

Oft haben sie auch Besuch von Freunden.
Dann trinken sie alle Kaffee
oder grillen zusammen.

Die sauberen Blumen-Töpfe
verteilt Charlotte überall im Garten.
Morgen fährt sie mit ihrer Schwägerin Inge
in die Gärtnerei.
Charlotte hat schon eine lange Einkaufs-Liste
für ihre Blumen geschrieben.
Der Garten soll ja schön bunt aussehen,
wenn sie mit Freunden draußen sitzen.

Kapitel 3
Gelenke

Inge ist die Schwester von Heinz.
Sie wohnt mit ihrem Mann Walter auch auf Sylt.
Inge liebt ihren Garten, genau wie Charlotte.

Die beiden Frauen wollen heute
zur Gärtnerei fahren und Blumen kaufen.

Aber vor der Garage steht Walter
mit den Fahrrädern.
Er hat ein paar Putzlappen und Putzmittel
neben sich ausgebreitet.

„Schau mal, Inge. Dieses neue Spray ist super.
Damit geht das Putzen richtig schnell."
Inge schaut auf ihre Armbanduhr.
„Das ist ja sehr schön, Walter.
Aber ich muss das Auto aus der Garage holen.
Charlotte und ich wollen doch zur Gärtnerei."

„Ja, ja", antwortet ihr Mann ein bisschen beleidigt.
Jetzt macht er sich so viel Arbeit
mit den Fahrrädern.
Und seine Frau schaut nicht mal hin.
Er stöhnt laut, als er aufsteht.
„Oh, diese Gelenke!
Dafür müsste es auch ein Spray geben."

Inge schüttelt nur mit dem Kopf.
Der Arzt hat ihrem Mann schon öfter gesagt:
„Sie brauchen mehr Bewegung."
Aber Walter bewegt sich nicht so gerne.
Da ist er genau wie Heinz.
Bewegung ist aber gut für die Gelenke –
und bei einem dicken Bauch.

Gemeinsam schieben Inge und Walter
die Fahrräder zur Seite.
Dann holt Inge das Auto aus der Garage
und fährt los.

Kapitel 4
Eine gute Idee

Geschafft!
Charlotte und Inge haben ihre Autos
mit Blumen vollgepackt.
Das Einkaufen hat die beiden Frauen
durstig gemacht.
Deshalb fahren Charlotte und Inge jetzt
zu ihrer Freundin Helga.
Da gibt es heute Erdbeer-Bowle.

Helga hat den Tisch im Garten gedeckt.
„Oh, sieht das schön aus!“, sagt Inge.
Sie bewundert den bunten Blumenstrauß
auf dem Tisch.
„Sag mal, Helga, wo ist denn dein Enkel Timmi?
Der ist doch zu Besuch bei dir, oder?“

Helga füllt gerade die Bowle in die Gläser.
„Ja“, seufzt sie.
„Timmi ist jetzt für zwei Wochen bei mir.
Er sitzt im Haus an seinem Computer.
Der arme Junge! Seine Ferien-Pläne
sind völlig durcheinandergeraten.“

„Wieso? Was ist denn passiert?“,
fragt Charlotte.

Helga setzt sich auch hin und fängt an zu erzählen.
„Also, ihr wisst ja, dass sich Timmis Eltern
getrennt haben.
Mein Sohn lebt mit Timmi in Hamburg.
Und seine Mutter wohnt jetzt in Berlin.
Timmis Vater arbeitet in den nächsten
zwei Wochen im Ausland.
Timmi sollte diese Zeit eigentlich
bei seiner Mutter verbringen.
Aber sie hatte einen Fahrrad-Unfall
und liegt jetzt im Krankenhaus.

Also bin ich eingesprungen
und habe den Jungen jetzt bei mir.
Natürlich habe ich mich gefreut,
dass Timmi mal länger bei mir bleibt.
Aber er ist zehn Jahre alt und möchte natürlich
gerne etwas unternehmen.
Im Schwimmbad zum Beispiel würde er ja auch
andere Kinder kennenlernen.
Leider kann ich nicht gut schwimmen."
Helga seufzt noch einmal.
„Er tut mir so leid.
Aber ich weiß nicht, was ich mit ihm machen soll."

Ihre Freundinnen haben aufmerksam zugehört.
Sie sehen sich an und nicken sich gegenseitig zu.
„Wir haben da eine Idee", sagt Charlotte langsam.

„Genau“, grinst Inge verschmitzt.
„Eine richtig gute Idee!“

Und das ist die Idee von Charlotte und Inge:
Ihre beiden Ehemänner brauchen
dringend mehr Bewegung.
Heinz muss seinen Bauch loswerden.
Walter jammert andauernd über seine Gelenke.
Also können die Männer doch mit Timmi
ins Schwimmbad gehen.
Das tut allen gut und Timmi hat
ein bisschen Spaß in seinen Ferien.

Charlotte und Inge rufen ihre Männer an.
Sie sollen gleich zu Helga kommen,
um ein Glas Bowle zu trinken.
Timmi ist auch aus seinem Zimmer gekommen.

Als alle um den Tisch versammelt sind,
erzählen die Frauen von ihrer Idee.
Komischerweise freut sich Timmi
nicht besonders darüber.
Auch Walter ist nicht begeistert.

Nur Heinz macht sofort Pläne.
„Na, das passt ja ganz toll.
Unser Schwimmbad ist doch gerade
umgebaut worden.

Da ist jetzt alles ganz neu und modern.
Ich wollte schon die ganze Zeit mal hingehen.
Wir können das morgen gleich ausprobieren."

Walter versucht, sich herauszureden.
„Aber ich muss noch so viel im Garten machen."
Seine Frau Inge schüttelt den Kopf.
„Nein, brauchst du nicht.
Ich schaff das schon allein.
Geht ihr mal mit dem Jungen ins Schwimmbad.
Die Bewegung tut deinen Gelenken
auch ganz gut."

Timmi lässt immer noch traurig
den Kopf hängen und sagt gar nichts.
Aber die drei Frauen und Heinz sind einer Meinung:
Timmi wird morgen mit seinen zwei Leih-Opas
ins Schwimmbad gehen.

Kapitel 5
Linas seltsame Badegäste

Im Schwimmbad gibt es jetzt auch ein Bistro.
Das ist ein kleiner Laden, wo man Getränke
und Kleinigkeiten zu essen kaufen kann.
Es gibt auch ein paar Tische und Stühle,
um sich hinzusetzen.

Die junge Frau, die hier arbeitet, heißt Lina.
Sie freut sich sehr, dass sie
diesen Ferien-Job bekommen hat.
Eigentlich lebt sie mit ihrem Freund in Hamburg.
Aber die beiden haben sich gerade getrennt.

Jetzt will Lina ein bisschen alleine sein
und sich von der Trennung erholen.
Sie ist froh, dass sie hier auf der Insel Sylt
bei einer Freundin wohnen kann.
Lina darf auch jeden Morgen
vor ihrer Arbeit schwimmen gehen.
Sie hat eine Ausbildung als Rettungs-Schwimmerin.
Und da will sie natürlich fit bleiben.

Lina wundert sich über die vielen Kinder,
die nur im Bistro sitzen.
Andauernd kaufen sie Pommes und Eiscreme.
Die Kinder gehen auch nur zum Plantschen
ins Wasser, nicht zum Schwimmen.
Warum kommen sie dann überhaupt
ins Schwimmbad?

Lina beobachtet auch
einen kleinen Jungen und zwei ältere Männer.
Einer von ihnen springt sofort ins Wasser
und schwimmt los.
Der andere setzt sich mit dem Jungen

an einen Tisch im Bistro.
Die beiden trinken etwas.
Offensichtlich haben sie es nicht eilig,
ins Wasser zu gehen.

Lina hat viel zu tun im Bistro.
Als sie wieder ein bisschen Zeit hat,
fallen ihr die beiden Gäste wieder auf.
Der Junge und der ältere Mann sitzen
immer noch am Tisch.
Sie reden gar nicht miteinander,
sondern gucken nur so vor sich hin.
Lina wird neugierig.
Was ist da los?

Sie geht zum Tisch und fragt,
ob alles in Ordnung ist.
Auch der andere Mann ist jetzt da
und redet mit den beiden.
„Na los, ihr beiden.
Wann wollt ihr denn endlich ins Wasser gehen?
Komm doch, Timmi."

Er fasst den Jungen an der Hand.
Aber Timmi zuckt ängstlich zurück.
Lina findet das Verhalten von dem Jungen komisch.
Sie fragt die beiden Männer:
„Ist der Junge Ihr Enkel?"

In dem Moment fängt Timmi an zu weinen.
Die beiden Männer und Lina versuchen,
ihn zu trösten.
„Was ist denn mit dir? Was hast du denn?"

Mit schluchzender Stimme sagt Timmi:
„Ich kann doch gar nicht schwimmen.
Und nach den Ferien habe ich
Schwimmen im Schul-Sport.
Dafür muss man ein Schwimm-Abzeichen haben.
Meine Eltern wissen gar nicht,
dass ich nicht schwimmen kann.
Ich habe sie beide angelogen."

„Aber du kannst doch schwimmen lernen",
sagt Lina.
„Ja, genau. Das kann doch nicht so schwer sein.
Wir machen einen Plan
und bringen dir das Schwimmen bei.
Was meinst du, Timmi?"
Heinz hat dem Jungen die Hand
auf die Schulter gelegt.
Timmi nickt vorsichtig und zieht seine Nase hoch.

Die beiden älteren Männer stellen sich Lina vor.
„Wir sind Freunde von der Oma von Timmi."
Sie erklären Lina, warum Timmi die Ferien
alleine bei seiner Oma verbringen muss.

Aber jetzt haben sie eine gemeinsame Aufgabe:
Timmi muss schwimmen lernen,
damit er sein Abzeichen machen kann.

In den nächsten Tagen sieht Lina die beiden Männer
und den Jungen öfter im Schwimmbad.
Sie wundert sich ein bisschen,
dass Timmi fast nur Übungen
am Beckenrand macht.
Irgendwann muss er doch auch mal
ins Wasser, denkt sie.
Na ja, die beiden Leih-Opas werden schon wissen,
was sie tun.
Lina will sich nicht einmischen.
Sie hat im Bistro auch genug Arbeit.

Kapitel 6
Schwimm-Versuche

Heute ist es wohl so weit,
denkt Lina ein paar Tage später.
Sie sieht Timmi am Beckenrand stehen.
Er zittert ein bisschen und guckt ins Wasser.
Dahinter steht Walter.
Er hat schon seinen Bademantel ausgezogen.
Jetzt soll es also gleich losgehen
mit dem richtigen Schwimm-Unterricht.

Aber dann passieren viele Dinge gleichzeitig.
Timmi fällt ins Wasser
und zappelt wild mit den Armen.
Walter springt hinterher.
Er macht aber keine Schwimm-Bewegungen,
sondern geht einfach unter.

Lina reagiert sofort.
Sie lässt das Tablett fallen, das sie gerade trägt.
Dann springt sie zu den beiden ins Wasser.

Eine Weile später sitzen sie alle
um einen Tisch im Bistro herum.
„Warum haben Sie denn nicht gesagt,
dass Sie auch nicht schwimmen können?“,
fragt Lina den zitternden Walter.
„Mich hat ja niemand gefragt“,
sagt er mit leiser Stimme.
„Vielen Dank, dass Sie mir das Leben gerettet haben.“

Heinz ist immer noch ganz erstaunt.
„Wir kennen uns seit fast 50 Jahren.
Und du hast noch nie was gesagt.
Ich hätte dir doch das Schwimmen beigebracht.“

Walter zuckt nur verlegen mit den Schultern.
„Das war mir halt peinlich.
Inge weiß auch nichts davon.“

Lina hat jetzt genug von diesem ganzen Theater.
„Timmi ist ganz allein an den Rand geschwommen.
Er braucht einfach jemanden,
der richtig mit ihm übt.
Dann schafft er auch sein Schwimm-Abzeichen."

Sie sieht Timmi an.
„Wir beide werden ab morgen
das Schwimmen üben. Einverstanden?"
Timmi nickt schüchtern.
Er weiß jetzt, dass er keine Angst mehr
vor dem Wasser haben muss.

Kapitel 7
Prüfung

Eine Woche später sitzen Charlotte,
Inge und Helga im Bistro.
Sie haben einen guten Blick
auf das Schwimmbecken.
Inge fragt noch einmal neugierig:
„Was machen wir hier eigentlich?
Worauf warten wir denn?"

Die beiden anderen Frauen sehen sich lächelnd an.
„Du wirst gleich sehen, was los ist.
Das wird eine tolle Überraschung."

In diesem Moment kommt eine kleine Gruppe
auf das Schwimmbecken zu.
Der Bademeister läuft vorneweg.
Eine junge hübsche Frau im Badeanzug
hält Timmi an der Hand.
Dahinter laufen zwei ältere Männer in Badehosen.
„Das sind ja Walter und Heinz“, sagt Inge erstaunt.
„Was machen die denn jetzt?“
„Wirst du gleich sehen“,
antwortet Charlotte und zwinkert Helga zu.

Die vier Schwimmer steigen ins Wasser.
Und dann geht es los.
Die junge Frau und Timmi
schwimmen langsam nebeneinander her.
Eine ganze Bahn. Und dann noch einmal zurück.
Der Bademeister geht am Beckenrand entlang
und beobachtet Timmi.
Der Junge schafft auch die zweite Bahn
und steigt glücklich aus dem Wasser.

Heinz und Walter schwimmen
eine Bahn bis zum Ende.
Dann zieht sich Walter erschöpft die Treppe hoch
und bleibt am Rand sitzen.
Heinz gratuliert ihm,
als ob Walter die Olympiade gewonnen hat.
Inge macht nur noch große Augen.

Sie wusste wirklich nicht,
dass ihr Mann nicht schwimmen kann.
Jetzt ist sie sehr stolz auf ihn.

Der Bademeister überreicht Timmi zwei Urkunden.
„Herzlichen Glückwunsch!
Du bist zwei Bahnen geschwommen.
Das bedeutet, dass du sogar
zwei Schwimm-Abzeichen geschafft hast."

Timmi strahlt über das ganze Gesicht.
Er sieht Lina an, die neben ihm steht.
„Du hast mich angeschwindelt.
Du hast gesagt, nach der ersten Bahn
muss ich noch weiter schwimmen."

Lina grinst ihn an.
„Ich wusste, dass du die zweite Bahn
auch noch schaffst.
Und jetzt hast du gleich zwei Abzeichen
auf einmal gemacht.
Das ist doch toll!"

Der Bademeister gibt auch Walter eine Urkunde.
Er ist eine ganze Bahn geschwommen
und hat sich das Schwimm-Abzeichen verdient.
Timmi und Walter gratulieren sich gegenseitig.
Sie machen gleich neue Schwimm-Pläne.

Dann sehen sie plötzlich im Bistro
lauter bekannte Gesichter.
Walter fragt verlegen:
„Waren unsere Frauen die ganze Zeit hier?
Haben die alles mit angesehen?“

Heinz nickt.
„Ja, das haben sie.
Und jetzt gebe ich einen aus!
Lina, Sie müssen auch mitfeiern.
Ohne Sie hätten Timmi und Walter
das doch gar nicht geschafft.“

Lina verspricht, gleich nachzukommen.
Sie muss sich erst mit ihrer Kollegin absprechen.

Timmi hat noch jemanden gesehen, den er kennt.
„Papa! Da ist ja mein Papa!“
Tatsächlich: Da sitzt Timmis Vater
neben den anderen am Tisch.
Sein Auftrag im Ausland ist fertig.
Endlich hat er Zeit für Urlaub mit Timmi.
Helga hat ihm am Telefon
von Timmis Schwimm-Versuchen erzählt
Er ist so schnell wie möglich gekommen,
um seinem Sohn beim Schwimmen zuzusehen.
Jetzt nimmt er ihn fest in den Arm
und drückt ihn glücklich an sich.

Als Lina ein paar Minuten später
an den Tisch kommt, steht Walter auf.
Er klatscht in die Hände und ruft mit lauter Stimme:
„Da ist sie – die beste Schwimm-Lehrerin der Welt!
Ohne sie hätten Timmi und ich
unsere Abzeichen gar nicht geschafft.“

Die Frauen am Tisch haben alle
ein Lächeln auf den Lippen.

Aber Lina sieht nur zwei blaue Augen,
die ihr Herz schneller schlagen lassen.
Es sind die Augen von Timmis Vater.
Die blicken ganz warm direkt in ihre eigenen Augen.
Und darunter breitet sich ein Lächeln aus.
Ist das vielleicht Liebe auf den ersten Blick?

Geburtstag

Kapitel 1
Ela hat Geburtstag

Ich mag Geburtstage.
In unserer Familie wird an Geburtstagen
immer ein großes Fest gefeiert.
Die meisten Mitglieder von unserer Familie
wohnen im selben Dorf.
Oder in einem Nachbar-Dorf.
Das bedeutet:
Jeder kann schnell da sein und mitfeiern.
Diese gemeinsamen Feste sind immer
eine tolle Sache.
Und jeder von unserer Familie freut sich
auf den nächsten Geburtstag.

Diesmal ist meine Cousine Ela dran.
Ela ist meine Lieblings-Cousine.
Ela ist zwar einige Jahre älter als ich,
aber wir verstehen uns super.
Auch wenn Ela sich ganz schön verändert hat.
Sie wohnt nämlich seit einiger Zeit in Hamburg.
Dort hat sie einen schicken Job
in einer schicken Werbe-Agentur.
Ich bin immer noch dieselbe wie immer.
Dani, die kleine Cousine, die Köchin im Dorf-Gasthof.

Und ich erzähle jetzt diese Geschichte
von Elas Geburtstag.

Ela wird am Samstag 40 Jahre alt.
Das ist natürlich ein ganz besonderes
Geburtstags-Fest.
Ich frage mich nur, wo Ela feiern wird.
Kommt sie zu uns ins Dorf?
Oder feiert sie in Hamburg?
Leider ist Hamburg ungefähr 60 Kilometer
von unserem Dorf entfernt.

Meine Cousine heißt eigentlich Manuela.
Aber jeder nennt sie nur „Ela“.
Das war schon immer so.
Ich finde es ja ganz toll,
so eine Cousine in der Stadt zu haben.
Ela verdient viel Geld.
Sie kauft sich oft neue Klamotten.
Dann schickt sie mir die Sachen,
die sie nicht mehr anziehen mag.

Ich freue mich jedes Mal
über so ein Kleider-Paket aus der Stadt.
Als Köchin in einem Dorf-Gasthof
verdiene ich nicht sehr viel Geld.
Mit den Klamotten von Ela sehe ich
trotzdem immer gut aus.

Kapitel 2
Besuchs-Pläne

Jetzt hat Ela also bald Geburtstag.
Und sie hat sich noch nicht gemeldet.
Nicht mal bei ihren Eltern.
Dabei ist der Geburtstag schon in ein paar Tagen.

Meine Mutter wird langsam ungeduldig.
Also ruft sie Ela einfach an.
Sie reden nur kurz miteinander.
Dann legt meine Mutter den Hörer auf
und sagt zu mir:
„Ela hat sich am Knie verletzt.
Sie kann nicht laufen und bleibt zu Hause.
Sie feiert ihren Geburtstag nur mit einer Freundin."

Das tut mir jetzt wirklich leid.
Die arme Ela!
Da wird sie 40 Jahre alt und sitzt allein zu Hause.
Na ja, fast allein.
Das geht doch nicht!

Meine Schwester Gabi macht
einen super Vorschlag:
„Dann fahren wir eben alle nach Hamburg.
Wir nehmen einen Kuchen und Kerzen mit."
Meine Mutter ist sofort begeistert.

„Gute Idee! Ich sag mal den anderen Bescheid."
Und schon ist sie weg.

Als ich abends von der Arbeit komme,
sitzen eine Menge Leute in unsere Küche.
Meine Eltern, meine Schwestern mit ihren
Ehemännern, Elas Eltern und noch zwei Tanten.
Sie machen Pläne für Elas Geburtstag.
Es gibt schon eine Namens-Liste von allen,
die mitfahren wollen.
Die meisten Namen sind natürlich
von unserer Familie.
Ein paar alte Schul-Freundinnen von Ela
wollen auch mit.
Sie waren früher alle zusammen in einer Clique.
Und weil Ela jetzt in der Stadt wohnt,
sehen sie sich nur noch selten.
Aber bei so einer Geburtstags-Überraschung
wollen sie natürlich mitmachen.
Die Hauptsache ist doch, dass wir Ela
an ihrem Geburtstag nicht allein lassen.

Meine Mutter und meine Schwestern
kümmern sich um das Essen.
Wir wollen ja nicht mit leeren Händen
nach Hamburg fahren.
Die Schul-Freundinnen bringen Getränke mit.
Alles ist super geplant für den großen Tag.

Kapitel 3
Auf nach Hamburg!

Am Samstag ist es dann so weit.
Mein Schwager Albert kommt
mit einem großen Bus angefahren.
Den brauchen wir auch.
Wir sind insgesamt 36 Leute.
Zum Glück hat Albert ein Bus-Unternehmen!
Ach ja, mein Hund muss natürlich auch mit.
Den kann ich ja nicht allein zu Hause lassen.

Elas Freundinnen haben
ein bekanntes Lied umgedichtet.
Der Text passt jetzt genau zu Ela
und ihrem 40. Geburtstag.
Während der Fahrt wird das Lied geübt.
Ich bekomme davon nicht viel mit.
In den letzten Tagen musste ich so viel arbeiten,
dass ich jetzt total müde bin.
Kurz nach der Abfahrt schlafe ich ein.

Ich wache erst wieder auf,
als Albert ins Mikrofon brüllt:
„Kann mir mal einer sagen,
wo es jetzt langgeht?
Ich kann doch nicht ewig
an dieser Ampel stehen bleiben.“

Wir sind also schon in Hamburg angekommen.
Ich gähne und schaue mich um.

Meine älteste Schwester Maren
geht nach vorn zu ihrem Mann Albert.
Sie schaut auf den Stadtplan
und zeigt ihm den Weg.
Zehn Minuten später stehen wir vor Elas Haus.

„Am besten gehst du zuerst rein",
sagt Maren zu mir. „Du kannst Ela dann
auf ihre Überraschungs-Gäste vorbereiten."

Ich schaue Maren erstaunt an.
„Was soll das denn heißen?
Habt ihr Ela nicht Bescheid gesagt,
dass wir kommen?"
Maren zuckt mit den Schultern.
„Das haben wir bei der Vorbereitung
irgendwie vergessen.
Jetzt geh doch und klingel mal."

Ich gehe zur Eingangstür und klingele.
Aber Ela macht nicht auf.
Ich klingele ein zweites Mal
und ein drittes Mal.
Nichts passiert.
Wo ist Ela?

Da geht plötzlich die Eingangstür auf.
Eine ältere Dame schaut heraus.
„Zu wem wollen Sie denn?“, fragt sie mich.
Ich bin ein bisschen überrascht und stottere:
„Wir wollen zu meiner Cousine Ela.
Sie hat heute Geburtstag.“

Die ältere Dame schaut mich erstaunt an.
Dann sieht sie den großen Bus hinter mir.
Ihre Augen werden ganz groß und rund.

„Meinen Sie etwa Frau Jansen?
Die Geburtstags-Feier findet doch an der Elbe statt.
In einer Strand-Bar. Und wieso sagen Sie Ela?
Frau Jansen heißt doch Manu!“
Sie schüttelt ihren Kopf
und macht die Tür wieder zu.

Ich gehe zum Bus zurück.
Was ist hier los?
Die anderen Geburtstags-Gäste
sind genauso überrascht wie ich.
Elas Mutter ist richtig beleidigt.
„Sie hat doch zu mir gesagt,
dass ihr Knie so weh tut.
Und dass sie unbedingt zu Hause bleiben muss
an ihrem Geburtstag.
Und jetzt stehen wir hier und Ela ist nicht da.“

Meine Mutter sagt lachend zu ihr:
„Wir stehen doch gar nicht,
wir sitzen doch gemütlich im Bus.
Komm, trink mal einen Schnaps.
Wir fahren jetzt an die Elbe
und schauen mal, wo Ela ist.“

Mein Schwager Albert ist natürlich
nicht besonders erfreut.
Er kennt sich in Hamburg nicht gut aus.
Es ist anstrengend, im Großstadt-Verkehr
den Weg zu suchen.
Meine Schwester Maren setzt sich wieder
mit dem Stadtplan neben ihn.
Hinten im Bus üben einige Gäste
noch einmal das Geburtstags-Lied.
Und die Schnaps-Flasche wird immer leerer.

Kapitel 4
Wo geht es hier zur Party?

Endlich haben wir es geschafft.
Albert fährt auf einen großen Parkplatz.
Wir steigen aus und sehen uns verwundert um.
Ja, hier ist die Elbe. Aber es gibt keinen Strand.
Hier stehen lauter große und moderne Gebäude.
Ist das wirklich die richtige Adresse?

Meine Schwestern und ich gehen
zur Eingangstür von einem der schicken Gebäude.
An der Tür hängt ein Zettel:
„Geschlossene Gesellschaft".
Meine Schwester Gabi sagt:
„Also, irgendjemand feiert hier eine Party.
Und da dürfen nur Leute rein, die eingeladen sind.
Das wird ja wohl nicht Elas Party sein, oder?"

Wir stehen da und wissen nicht,
was wir jetzt tun sollen.
Da kommt ein junges Pärchen
über den Parkplatz gelaufen.
„Wollen Sie auch zu Manus Party?",
fragt uns die junge Frau.
Sie hat sehr schicke Klamotten an.
„Manu?", wiederhole ich.
„Meinen Sie Manuela Jansen?
Ist das ihre Party hier?"

Die junge Frau schaut mich komisch an.
„Ja, natürlich. Von wem denn sonst?"
Dann sagt sie zu ihrem Freund:
„Los, lass uns reingehen.
Ich brauch was zu trinken."

Wieso heißt Ela jetzt auf einmal Manu?
Und wieso feiert sie hier ihren Geburtstag?

Sie hat uns doch erzählt,
dass sie wegen ihrem Knie nicht laufen kann.
Irgendetwas stimmt hier nicht.

Eigentlich gibt es nur eine Lösung:
Wir müssen einfach reingehen und nachschauen.
Wenn es wirklich Elas Party ist,
dann sind wir hier doch richtig.

Kapitel 5
Jetzt wird gefeiert

Meine Schwestern und ich gehen
als Erste in das Gebäude.
Wir hören Stimmen und lautes Lachen.
Ela feiert also doch nicht nur mit einer Freundin.
Wir folgen den Stimmen
und kommen in einen riesigen Raum.
Hier stehen Leute rum und unterhalten sich.
Mir fällt auf, dass die meisten von diesen Leuten
schwarze Klamotten tragen.
Ist das hier eine Geburtstags-Feier
oder eine Beerdigung?

Es gibt keine richtigen Tische und Stühle.
Nur so hohe Tische, an denen man stehen kann.
Aber nichts zum Hinsetzen.

Auf einer kleinen Bühne sitzt ein Mann
vor einem Laptop.
Von dort kommt die Musik.
Aus dem Computer!
Was ist das denn für eine Party?

Dann sehen wir Ela.
Sie trägt auch ein schwarzes Kleid.
Sie kommt langsam auf uns zu.
Und sie schaut uns nicht besonders freundlich an.
„Was macht ihr denn hier?“, fragt sie uns leise.
„Wollt ihr mich blamieren?
Ich feiere hier mit meinem Chef
und meinen Kollegen.“

Meine Schwester Gabi sagt laut:
„Na, wir wollen mit dir Geburtstag feiern.
Am Telefon hast du erzählt,
dass du dich am Knie verletzt hast.
Und dass du nicht laufen kannst.
Da haben wir Essen und Trinken eingepackt
und sind hergefahren.“

Ela ist ganz blass geworden.
„Wir? Wer ist denn noch alles mitgekommen?“
In dem Moment drängeln sich auch
die anderen Geburtstags-Gäste durch die Tür.
Ela macht große Augen.

Ihre Eltern, meine Eltern,
Tanten, Onkel, Freundinnen.
Ein kunterbuntes Durcheinander.
Die anderen Gäste sind ganz still geworden.
Es ist auch keine Musik mehr zu hören.

Die Familie und die Freunde interessieren sich
erst mal nur für Ela.
Einer nach dem anderen gratuliert ihr
zum Geburtstag.
Manche nehmen sie auch in den Arm
und drücken sie.
Dann werden auch die anderen Gäste begrüßt.
Mein Schwager Jörg geht zu dem Mann
mit dem Laptop.
Bei unseren Familien-Feiern ist er immer unser DJ.
Wenn er sich jetzt um die Musik kümmert,
kann die Party losgehen.

Ela steht immer noch sprachlos da.
Sie schüttelt die Hände von ihrer Familie
und ihren Freundinnen.
Aber sie sagt kein Wort.
Die Überraschung ist uns wirklich gelungen!

Meine Mutter und Elas Mutter
haben inzwischen das Essen aus dem Bus geholt.
Mein Vater stellt einen Tisch auf,

den er mitgebracht hat.
Ela sagt mit schwacher Stimme:
„Das dürfen wir nicht. Ich habe den Raum gemietet.
Das Essen muss ich auch von dem Wirt nehmen."

Meine Schwester Maren
klopft ihr beruhigend auf die Schulter.
„Das ist doch ein Geschenk.
Das ist bestimmt erlaubt.
Und eure kleinen Häppchen da drüben
reichen doch sowieso nicht für alle Gäste."
Sie zeigt mit dem Finger auf die kleinen Teller,
die auf einem Tisch stehen.
„Davon wird doch keiner satt."

Ja, und dann geht die Party richtig los.

Zuerst singen wir für Ela das Geburtstags-Lied.
Ela weint ein bisschen.
Ich hoffe es ist, weil ihr das Lied so gut gefällt.
Aber ich bin mir nicht wirklich sicher.
Die anderen Gäste schauen uns
auch ganz komisch an.
So etwas Lustiges sind sie wohl nicht gewohnt.

Aber die Stimmung ändert sich schnell.
Mein Schwager Jörg legt jetzt die Musik auf.
Bald tanzen alle wie verrückt.

Viele von Elas Gästen haben ihre
schwarzen Jacken ausgezogen.
Keiner steht mehr steif an den Tischen herum.
Es wird getanzt und gesungen.
Unser mitgebrachtes Essen schmeckt allen
besser als die bestellten Häppchen.
Und mein Schwager Albert hat in seinem Bus
eine Getränke-Bar aufgebaut.
Dort auf dem Parkplatz können die Gäste
etwas trinken und dabei rauchen.

Nur Ela feiert nicht richtig mit.
Vielleicht tut ihr das Knie weh
und sie kann nicht tanzen.
Den ganzen Abend sitzt sie
auf dem Rand der Bühne und schaut uns zu.
Sie sieht irgendwie sehr müde aus.
Gerd sitzt neben ihr und hält ihre Hand.
Er ist auch ein alter Freund von früher.
Ela isst ein bisschen Nudelsalat
und trinkt sehr viel Rotwein.
Irgendwann legt sie den Kopf
auf die Schulter von Gerd und schläft ein.

Spät am Abend fahren wir in unser Dorf zurück.
Mein Schwager Albert tut mir ein bisschen leid.
Er muss jetzt wach bleiben
und die weite Strecke zurückfahren.

Obwohl er den ganzen Abend
an der Getränke-Bar gearbeitet hat.
Wir anderen sitzen müde im Bus.
Ein paar schlafen gleich ein.

Aber es hat sich gelohnt.
Die Geburtstags-Party für Ela
hat richtig Spaß gemacht.
So wie das eben immer ist
bei unseren Familien-Feiern.

Eine Schiffs-Reise

Kapitel 1
Haupt-Gewinn

Ela sieht ihre Cousine Dani entsetzt an.
Eine Schiffs-Reise!
„Ela, das ist wie im Fernsehen!", strahlt Dani.
„Wie beim *Traumschiff*. Das wird super!"
Dani ist richtig aufgeregt.

Dani ist eine fröhliche junge Frau.
Sie hat diese Reise
bei einem Preis-Rätsel gewonnen.
Eine Reise für zwei Personen
auf einem großen Schiff.
Dani möchte gerne ihre Cousine Ela mitnehmen.
Ela ist zwar zehn Jahre älter als Dani,
aber die beiden verstehen sich gut.

Ela hat vor Kurzem mit ihrem Freund
Schluss gemacht.
Und bei der Arbeit hat sie gerade
auch ein paar Probleme.
Dani möchte ihrer Cousine mit der Reise
eine kleine Freude machen.
Wie toll, dass sie gerade jetzt
diese Schiffs-Reise gewonnen hat!

„Stell dir vor, Ela: Wir fahren mit dem Schiff
in fünf verschiedene Städte.
Zuerst fliegen wir aber nach Barcelona.
Das ist eine Stadt in Spanien.
Das Schiff fährt von dort aus los.
Jetzt freu dich doch auch mal!"

Ela weiß nicht, was sie sagen soll.
Die Geschichte mit dem Freund
ist so nicht ganz richtig.
Die Wahrheit ist: Sie und ihr Chef
sind beim Knutschen erwischt worden.
Leider war es die Ehefrau von ihrem Chef,
die sie beide erwischt hat.
Na, da war was los!
Elas Chef hat dann Schluss mit Ela gemacht.
Und ihr gleich noch die Kündigung geschickt.

Aber das kann Ela ihrer Cousine Dani
nicht erzählen.
Dani ist so ein junger und lieber Mensch.
Sie kennt solche schwierigen Probleme gar nicht.
In Danis Leben ist alles geregelt und gut.

Ela seufzt.
Dann versucht sie zu lächeln.
„Ja, Dani, das ist wirklich toll.
Wann fahren wir denn?"

Kapitel 2
Das geht ja gut los

Dani ist total begeistert.
Sie macht zum ersten Mal Urlaub im Ausland.
Bisher ist sie meistens nur
an die Nordsee gefahren.
Aber jetzt fliegt sie nach Barcelona.
Dani freut sich über die kleinen Schokoladen-Tafeln,
die es im Flugzeug gibt.
Sie freut sich auf die Sonne in Barcelona.
Sie freut sich auf die vielen Palmen.

Für Dani ist alles neu und aufregend.
Ela ist wegen ihrer Arbeit schon öfter
mit dem Flugzeug geflogen.
Für sie ist der Flug nichts Besonderes.
Deshalb schläft sie im Flugzeug die ganze Zeit
und wacht erst in Barcelona wieder auf.
Leider gibt es dann den ersten Ärger.

„Wo bleibt denn bloß mein Koffer?“,
fragt Ela wütend.
Sie steht mit Dani am Gepäck-Laufband.
Die Koffer werden aus dem Flugzeug
auf dieses Laufband gelegt.
Jeder Flug-Gast nimmt dann
seinen Koffer selbst herunter.

Danis Koffer steht schon neben ihr.
Aber Ela wartet und wartet.
Ihr Koffer kommt einfach nicht.
Sie wird immer wütender.
Dani versucht, sie zu beruhigen.
„Das ist doch nicht so schlimm.
Ich habe genug Klamotten dabei.
Du kannst dir welche von mir ausleihen.
Ich glaube, wir müssen jetzt erst mal zum Schiff."

Ela ist stinksauer.
Sie muss ohne ihren Koffer auf das Schiff gehen.
Ein Mitarbeiter der Schiffs-Gesellschaft
versucht, sie zu trösten:
„Der Koffer wird Ihnen ja nachgeschickt.
Morgen früh ist Ihr Koffer sicher schon hier."
Ela hat trotzdem schlechte Laune.
Diese Reise fängt ja schon mal gut an!

Kapitel 3
Ungeschminkt zum Kapitän

„Schau mal, Ela, wir haben einen eigenen Balkon",
jubelt Dani.
„Und sogar einen Kühlschrank."
Dani freut sich wie ein kleines Kind
über die schöne Kabine.

Ela hat immer noch schlechte Laune.
Sie interessiert sich erst mal für gar nichts.
„Ich geh duschen", ruft sie ihrer Cousine zu,
bevor sie im Bad verschwindet.

Nach dem Duschen gibt es die nächste
böse Überraschung für Ela.
Ihr fällt ein, dass ihre Schmink-Sachen
auch in ihrem Koffer sind.
Ela ist es gewohnt, gut geschminkt
und mit schönen Kleidern herumzulaufen.
Und jetzt?
Dani benutzt keine Schmink-Sachen.
Ela ist wirklich zum Heulen zumute.

Die Sachen, die Dani ihr zum Anziehen
hingelegt hat, sind auch nicht gerade toll.
Ela zieht sich eine Jeans an,
die ein bisschen zu groß für sie ist.
Die Jacke dazu ist ihr eigentlich zu bunt.
Aber Ela hat keine andere Wahl.
Für die Gewinner von der Schiffs-Reise
gibt es jetzt nämlich ein Programm.

Der Kapitän begrüßt alle zehn Gewinner
mit einem Glas Champagner.
Danach zeigt er seinen Gästen
das ganze Schiff von vorne bis hinten.

Zum Schluss gibt es dann noch
ein gemeinsames Abendessen beim Kapitän.

Ela fühlt sich ganz furchtbar
mit ihrer bunten Jacke und den zu großen Jeans.
Die anderen Frauen sind schick angezogen
und super geschminkt.
Sie schauen Ela und Dani spöttisch an.
Oh, diese eingebildeten Ziegen!
Ela will sich am liebsten in der Kabine verkriechen.
Aber sie möchte ihrer jungen Cousine
nicht den ganzen Abend verderben.
Dani hat sich natürlich sofort
mit einem jungen Pärchen angefreundet.
Jonas und Jennifer sind auf Hochzeits-Reise.
Die drei jungen Leute machen schon Pläne
für den nächsten Tag.

Spät am Abend fallen Ela und Dani
müde in ihre Betten.
Elas letzter Gedanke ist:
„Hoffentlich bekomme ich morgen
meinen Koffer zurück!“

Kapitel 4
Marseille

Am nächsten Tag bleibt Ela auf dem Schiff.
Sie hofft, dass ihr Koffer heute endlich ankommt.

„Dani, sei nicht böse, aber ich brauche
wirklich ein paar Stunden meine Ruhe“,
sagt Ela zu ihrer Cousine.

Dani findet es schade,
dass Ela nicht mit in die Stadt kommen will.
Aber böse ist sie deswegen nicht.
„Ich bin ja sowieso
mit Jonas und Jennifer verabredet.
Und du hast gesagt, dass du Marseille schon kennst.
Wir sehen uns dann später.
Viel Glück mit dem Koffer!“
Dann ist Dani weg und Ela kann sich ausruhen.

Leider hat sie mit ihrem Koffer kein Glück.
„In Marseille ist Ihr Koffer leider nicht.
Er ist wohl schon zum nächsten Hafen
geschickt worden“, sagt die nette Dame
von der Schiffs-Gesellschaft.

Ela könnte schreien vor Wut.
Jetzt muss sie wieder etwas von Dani anziehen.

Ela steht eine ganze Weile vor dem Schrank.
Die meisten Sachen hat sie früher selbst getragen
und später an Dani verschenkt.
Aber jetzt passt ihr das meiste nicht mehr.
Sie ist sehr dünn geworden.
Wegen der Sache mit ihrem Chef
und wegen der Kündigung.
Das Ganze macht ihr doch sehr zu schaffen.

Und ihr Geschmack hat sich
natürlich auch geändert.
Sie zieht sich viel eleganter an als früher.
Seufzend entscheidet sie sich dann
für einen blauen Rock und eine Bluse
mit roten und weißen Streifen.

Kurz vor dem Abendessen treffen sich
Ela und Dani wieder.
Dani sitzt mit ein paar Frauen zusammen,
die sie auf dem Schiff kennengelernt hat.
Sie haben schon ein paar Gläser Wein getrunken
und sind alle sehr lustig.

Dani winkt Ela zu sich an den Tisch.
„Hallo, Ela, hierher!"
Ela holt sich ein Glas Wein an der Bar
und setzt sich zu der Frauen-Gruppe.
Lange hält sie es hier aber nicht aus.

Sie hat Hunger und will endlich
zum Abendessen gehen.

Dani kommt auch mit und versucht, etwas zu essen.
Aber ihr ist plötzlich ein bisschen übel.
Vielleicht ist es besser, gleich schlafen zu gehen?
Ela bringt ihre junge Cousine zur Kabine zurück.
Sie selbst ist noch nicht müde.
Was soll sie jetzt alleine machen?
Ela geht zurück an die Bar
und bestellt sich noch ein Glas Wein.
Sie sitzt nicht lange alleine dort.
Ein Mann spricht sie an.
Er heißt Gregor und ist eigentlich ganz nett.
Seine Freundin hat ihn gerade verlassen.

Den Rest des Abends unterhalten sich
Ela und Gregor über ihre Liebes-Probleme.
Sie trinken eine ganze Menge Wein.
Irgendwann gehen sie beide sogar noch
in ein Mode-Geschäft auf dem Schiff.
Dort sucht Gregor ein Kleid für Ela aus.
Es ist blau und hat einen großen Kragen.
So einen blau und weiß gestreiften Kragen
wie an einem Matrosen-Hemd.
Ela kauft das Kleid dann auch.
Wie sie nachts in ihr Bett gekommen ist,
weiß Ela gar nicht mehr.

Aber am nächsten Morgen wacht sie
mit Kopfschmerzen auf.
Das war wohl der viele Wein,
den sie getrunken hat.

Kapitel 5
Monaco

Dani hat auch ein bisschen Kopfschmerzen,
als sie aufwacht.
Aber das Schiff fährt gerade in einen Hafen.
Die Sonne scheint von einem sehr blauen Himmel.
Da vergisst Dani ihre Kopfschmerzen sofort
und schaut sich mit großen Augen um.
Der Hafen liegt mitten in der Stadt!
Überall sind Hoch-Häuser
mit Tausenden von Fenstern zu sehen.
Hier in Monaco wohnen viele reiche Leute.
Im Hafen liegen auch eine Menge teurer Boote.
Dani ist begeistert.
Sie denkt:
„Schade, dass Ela noch so fest schläft.
Jetzt verpasst sie diesen tollen Anblick."

Aber Ela wird dann auch wach
und zieht ihr neues Kleid an.
Sie fühlt sich zuerst ein bisschen komisch damit.

So etwas hat sie noch nie getragen.
Sie fühlt sich fast ein bisschen verkleidet.

Dani findet das Kleid süß.
Ohne Schminke sieht Ela auch viel jünger aus.
Die größte Überraschung ist aber das, was Ela sagt:
„Los, Dani, wir fahren jetzt in die Stadt
und machen uns einen schönen Tag.
Wenn dieser blöde Koffer nicht kommt,
dann kaufen wir jetzt eben neue Kleider."

Dani freut sich wirklich sehr,
dass Ela endlich wieder gute Laune hat.

Sie machen zuerst eine Stadt-Rundfahrt
mit einem Bus und schauen sich um.
So viele tolle Geschäfte!
Als Dani dann aber die Preise sieht,
bekommt sie einen Schreck.
„Das ist ja alles wahnsinnig teuer hier!
Willst du wirklich so viel Geld für Unterwäsche
ausgeben?", fragt sie ihre Cousine.

Ela ist heute alles egal.
Sie hat sich gerade die hübsche Unterwäsche
angesehen und will sie jetzt auch kaufen.
Aber es geht wieder etwas schief:
Ela kann nicht mit ihrer Geldkarte bezahlen.

Die ist wohl kaputt.
Und mit dem letzten Bargeld
hat sie gestern auf dem Schiff das Kleid gekauft.

Ganz plötzlich ist Elas gute Laune
wieder verschwunden.
„Ich fahr jetzt zum Schiff zurück“,
murmelt Ela erschöpft.
„Ich glaub, ich muss mich wieder hinlegen.“
„Ist das okay, wenn ich in der Stadt bleibe
und mit Jonas und Jennifer etwas unternehme?“,
fragt Dani vorsichtig.
„Ja, klar ist das in Ordnung.
Wir sehen uns ja zum Abendessen.
Mach dir einen schönen Tag.“
Ela geht mit müden Schritten zum Bus.

Dani hat ein paar Minuten lang
ein schlechtes Gewissen.
Sie weiß aber auch, dass so ein Urlaub für sie
etwas Besonderes ist.
Wann wird sie jemals wieder hierherkommen?
Sie verabredet sich mit ihren neuen Freunden
in einem kleinen Casino.

Im Casino stehen viele Glücksspiel-Automaten.
Man wirft Geld hinein und drückt dann
wild auf irgendwelche blinkenden Knöpfe.

Wenn man ganz viel Glück hat,
kann man sogar Geld gewinnen.

Jonas und Jennifer versuchen ihr Glück.
Dani will erst gar kein Geld hineinwerfen.
Sie lässt sich dann doch überreden.
Schließlich geht es doch nur um den Spaß.
Dani wirft einen Euro in den Geld-Schlitz
und drückt irgendwelche Knöpfe.
Plötzlich fängt der Automat an
zu klingeln und zu rattern.
Auf dem Bildschirm steht „Cash".
Das ist das englische Wort für „Gewinn".
Dani macht große Augen.

„Das gibt's doch nicht!", ruft sie überrascht aus.
„Ich hab was gewonnen."
Es sind genau 253 Euro.
Dani weiß sofort, was sie mit dem Geld machen will.
Sie geht direkt zu dem Geschäft
mit der Unterwäsche zurück.
Dort kauft sie die teure Unterwäsche,
die Ela so gefallen hat.
Vielleicht kann sie Ela damit ja
eine kleine Freude machen.

Kapitel 6
Korsika

Ela freut sich riesig über das schöne Geschenk.
Sie nimmt ihre Cousine ganz fest in den Arm.
„Dani, du bist so lieb!
Gewinnst eine Menge Geld
und denkst als Erstes an mich.
Was würde ich hier nur ohne dich machen?"
Dani ist froh, dass Ela jeden Tag
ein bisschen lockerer und fröhlicher wird.
Vielleicht kann sie sich jetzt doch
von ihren Problemen zu Hause erholen.

Ela redet auch gar nicht mehr
über ihren verschwundenen Koffer.
Für abends sucht sie sich
ein weites Kleid aus Danis Schrank aus.
Es ist ihr ganz egal, wie sie darin aussieht.
Ela fühlt sich plötzlich ganz wohl
ohne Schminke und ohne schicke Kleider.

Das hat bestimmt auch etwas mit Gregor zu tun.
Ela hat ihn zufällig wiedergetroffen.
Gregor kam auch schon früh wieder
auf das Schiff zurück.
Er und Ela haben sich wieder lange unterhalten.
Davon hat Ela sehr gute Laune gekriegt.

Nach dem Abendessen geht sie sogar
mit Dani auf die Schiffs-Party.
Ela tanzt zwar nicht,
aber sie sieht nicht mehr so unglücklich aus.
Um Mitternacht gibt es ein großes Feuerwerk.
Alle Schiffs-Gäste sind begeistert.
Dani sieht, wie Ela und Gregor
eng zusammenstehen und reden.
Sie denkt: „Vielleicht hat Ela ja diesmal
ein bisschen mehr Glück mit der Liebe."

Auch am nächsten Morgen treffen sich
Ela und Gregor wieder.
Das Schiff hat heute
an der französischen Insel Korsika angelegt.
Gregor kennt die Hafen-Stadt sehr gut.
Er lädt Ela ein, mit ihm einen Ausflug zu machen.
Ela freut sich.
Den ganzen Tag ist sie mit Gregor unterwegs.
Gregor weiß viel über die Insel.
Denn Gregor ist Reise-Unternehmer.
Er kennt sich an vielen Urlaubs-Orten gut aus.
Schließlich muss er ja wissen,
wohin er die Leute in den Urlaub schickt

Dani bleibt heute auf dem Schiff.
Sie hat gestern so viel getanzt,
dass ihr die Beine wehtun.

Eine kleine Ruhe-Pause tut ihr
bestimmt auch ganz gut.
Sie legt sich in einen Liegestuhl in die Sonne
und erholt sich.

Kapitel 7
Im italienischen Hafen

Noch zwei Tage.
Das Schiff liegt jetzt in einem kleinen
italienischen Hafen.
Heute ist die letzte Möglichkeit
für die Urlauber, an Land zu gehen.
Morgen wird das Schiff den ganzen Tag
und die ganze Nacht durchfahren.
Von der italienischen Küste
bis zur spanischen Insel Mallorca.
Dort ist die Reise dann zu Ende.

Ela und Dani haben keine Lust,
mit dem Bus einen Ausflug nach Rom zu machen.
Auch wenn es die Hauptstadt von Italien ist.
Sie bummeln lieber durch die kleine Hafen-Stadt
und essen italienisches Eis.
„Mmh, das ist doch das Beste, was es gibt!“
Dani sitzt mit glänzenden Augen
vor einem riesigen Eisbecher.

Ela nickt bloß, weil sie gerade selber
den Mund voll Eis hat.
Sie fühlt sich richtig wohl hier
mit ihrer jungen Cousine.
Die beiden sind fröhlich und lachen viel.
Dani kann sich gar nicht erinnern,
wann Ela das letzte Mal so viel gelacht hat.

„Weißt du was, Ela?“, schlägt Dani plötzlich vor.
„Wir kaufen uns jetzt von meinem Gewinn
ein paar hübsche Sommerkleider.
Ich habe vorhin ein schönes Geschäft gesehen.“
Ela findet die Idee super.
Mal sehen, was Gregor dann für Augen macht,
wenn sie ein hübsches Kleid anhat.
Ela hat ein glückliches Lächeln im Gesicht,
wenn sie an Gregor denkt.

Im Geschäft entscheidet sie sich für ein gelbes Kleid.
Dani nimmt eins in Rosa-Tönen.
Wie zwei bunte Sommerblumen sitzen sie
beim Mittagessen nebeneinander am Tisch.

Den Abend verbringen Ela und Dani
mit ein paar anderen Gästen,
die sie auf dem Schiff kennengelernt haben.
Natürlich ist Gregor auch dabei.
Ela und er halten sogar Händchen.

„Bestimmt haben die sich schon geküsst“,
denkt Dani, als sie die beiden zusammen sieht.
Sie wünscht sich so sehr, dass ihre Cousine
diesmal mehr Glück in der Liebe hat.
Dani drückt ganz fest die Daumen,
bevor sie an diesem Abend einschläft.

Kapitel 8
Der letzte Abend

Am letzten Tag gibt es doch noch
eine dicke Überraschung.
Ela und Dani haben gemütlich gefrühstückt
und sind dann auf dem Schiff herumgelaufen.
Noch einmal alles ansehen
und die frische Seeluft genießen.
Als sie zu ihrer Kabine zurückkommen,
steht etwas vor der Tür.
Es ist tatsächlich Elas Koffer.

Ela bekommt einen Lachanfall
und kann sich gar nicht beruhigen.
„Das darf doch wohl nicht wahr sein!
Mein Koffer hat es doch noch hierher geschafft.“

Aber Ela ist jetzt gar nicht mehr an ihrem Koffer
und seinem Inhalt interessiert.

Dani hat auch gehört, was Gregor gestern Abend zu Ela gesagt hat.
„Endlich habe ich mal eine Frau getroffen, die sich nicht immer so schick anzieht."
Und Ela möchte ja, dass Gregor sie weiterhin nett findet.

Nur abends beim festlichen Abendessen für die Gäste zieht Ela ein enges schwarzes Kleid an.
Dazu trägt sie Schuhe mit hohen Absätzen.
Und die Lippen hat sie sich knallrot geschminkt.
Die anderen schicken Frauen sollen einmal sehen, dass sie auch toll aussehen kann.
Aber vor allen Dingen will sie natürlich Gregor beeindrucken.

Der ist nämlich nicht nur richtig nett.
Sein Reise-Unternehmen läuft gut.
Nun sucht Gregor eine neue Mitarbeiterin für die Werbe-Abteilung.
Und das ist genau das, was Ela beruflich macht.
Haben sich Elas Probleme womöglich einfach in Luft aufgelöst?
Neuer Mann und neuer Job – das wäre doch eine tolle Sache!

Am nächsten Morgen sitzen die Cousinen im Flugzeug nach Hause.

„Danke, Dani, du liebes Ding“, sagt Ela leise zu Dani.
Die Schiffs-Reise hat Ela doch besser gefallen,
als sie am Anfang gedacht hat.

Sie hat einen tollen Mann kennengelernt.
Und sie hat eine unbeschwerte Zeit
mit ihrer jungen Cousine verbracht.
Sie hat gelernt, dass schickes Aussehen
gar nicht so wichtig ist.
Viel wichtiger waren doch das Lachen
und die netten Menschen.

Ela lehnt sich in ihrem Sitz zurück
und schließt zufrieden die Augen.

Helgoland

Kapitel 1
Geschenke

Hier bin ich noch mal – Dani, die schon einige
Geschichten hier erzählt hat.
Diesmal geht es um meinen Ehemann Lars.
Ja, es sind ein paar Jahre ins Land gegangen.
Und ich habe inzwischen geheiratet.
Jedenfalls geht es jetzt um Lars.
Und es geht wieder um einen Geburtstag.

Lars hat im Sommer Geburtstag.
Eigentlich ist das die beste Zeit,
um Geburtstag zu feiern.
Es gibt frischen Erdbeerkuchen mit Sahne
und Frühstück auf der Terrasse.
Das Wetter ist warm genug
für ein großes Garten-Fest.
Die eingeladenen Gäste kommen
in kurzen Hosen und Sommerkleidern.
Damit sie ihre braungebrannten Beine
zeigen können.
Man kann lange draußen sitzen und Wein trinken.

Aber Lars gehört zu den Menschen,
die ihren Geburtstag am liebsten gar nicht feiern.

Er mag keine Garten-Feste mit vielen Gästen.
Es ist ihm schon zu viel,
wenn mehr als vier Leute bei uns zu Besuch sind.
Geschenke interessieren ihn auch nicht.

Am liebsten geht Lars am Wochenende
mit seinem Freund Paul segeln.
Paul hat ein eigenes Boot.
Das hätte Lars auch gerne.
Aber so viel Geld verdient er nun mal nicht.
Ein Boot wäre wahrscheinlich das einzige
Geschenk, das Lars wirklich gefallen würde.

Ein Boot kann ich für Lars leider auch nicht kaufen.
Trotzdem hatte ich eine tolle Idee für ein Geschenk.
Das dachte ich jedenfalls.

Kapitel 2
Der Geburtstag

Heute ist der Geburtstag von Lars.
Ich pflücke einen großen Blumenstrauß
für den Frühstücks-Tisch.
Wir sitzen natürlich im Garten,
weil die Sonne scheint.
„Alles Gute zum Geburtstag, mein Schatz!",
sage ich zu Lars und gebe ihm ein Küsschen.

„Ich bin schon so gespannt,
wie dir mein Geschenk gefällt."

Lars nimmt zuerst die Flasche Whiskey in die Hand,
die auf dem Tisch steht.
Es ist seine Lieblings-Sorte.
Er lächelt.
„Oh, danke. Da freue ich mich jetzt schon drauf."
Dann öffnet er den Umschlag, der daneben liegt.
Das Lächeln verschwindet aus seinem Gesicht.
„Ein Ausflug nach Helgoland? Am Samstag?
Da wollte ich doch mit Paul segeln gehen."

Ich schaue ihn ein bisschen beleidigt an.
„Mit Paul kannst du jeden Samstag segeln gehen.
Ich dachte, wir beide machen mal
einen schönen Ausflug.
Das Wetter ist doch so toll."

„Was willst du denn auf Helgoland?
Die Insel ist total langweilig."
Lars kann sich immer noch nicht
über sein Geschenk freuen.
Ich werde jetzt langsam sauer:
„Woher willst du das wissen?
Du warst noch nie da.
Außerdem gibt es da diesen speziellen Laden
für Segel-Kleidung.

Du wolltest dir doch
diese teuren Segel-Sachen kaufen.
Der Laden hat die Sachen gerade zum halben Preis."
„Ach ja, dieses Angebot", erwidert Lars.
„Das ist wirklich interessant.
Na gut, dann machen wir eben
diesen Ausflug am Samstag."

Kapitel 3
Ausgerechnet fliegen

Also, ein bisschen mehr Begeisterung habe ich
von meinem Mann schon erwartet.
Er weiß nämlich, dass ich
furchtbare Flug-Angst habe.
Und mein Geschenk ist ein Flug nach Helgoland.
Ich habe mir gedacht, dass wir ein bisschen
spazieren gehen und Fischbrötchen essen.
Lars kann sich seine Segel-Kleidung kaufen.
Und wir hätten endlich mal wieder
einen schönen Tag zusammen.
Das hatten wir ehrlich gesagt schon lange
nicht mehr – schöne Tage zusammen.

In der Nähe von unserem Dorf
gibt es einen kleinen Flughafen.
Von dort aus kann man an einem Tag

nach Helgoland und zurück fliegen.
Vielleicht schaffe ich es ja mit diesem Flug auch,
meine Flug-Angst zu überwinden.
Ein Kollege hat vor Kurzem zu mir gesagt:
„Du musst mal mit einem kleinen Flugzeug fliegen.
Da sitzt du direkt hinter dem Piloten.
Und du hast einen guten Blick aus dem Fenster.
Das hilft gegen Flug-Angst.“

Tja, da bin ich jetzt mal gespannt.
Heute ist nämlich Samstag, der große Tag.
Als ich morgens aufwache,
fühle ich mich schon schlecht.
Mein Herz rast und ich schwitze am ganzen Körper.
Lars grinst mich an und macht Witze.
„Na, hast du wieder Flug-Angst?“
Ich beachte ihn gar nicht und versuche,
ruhig zu atmen.

Am Flugplatz sind keine anderen Passagiere da.
„Vielleicht startet das Flugzeug heute gar nicht“,
hoffe ich heimlich.
Leider habe ich mich zu früh gefreut.
Die Dame im Büro bittet uns,
noch ein bisschen zu warten.
„Es kommen noch drei weitere Passagiere.
Dann geht es los.“
Lars und ich setzen uns auf eine Bank und warten.

Ich hoffe immer noch, dass irgendetwas
dazwischenkommt und ich nicht fliegen muss.

Ein paar Minuten später fährt
noch ein Auto auf den Parkplatz.
Das Kennzeichen ist nicht aus unserer Gegend.
Wahrscheinlich sind das Sommer-Touristen.

Drei dicke Menschen steigen aus dem Auto.
Vater, Mutter und Sohn in kurzen Hosen.
Der Vater hat eine sehr laute Stimme
und brüllt ständig seinen Sohn an.
Die Mutter hat blond gefärbte Locken
und trägt ein T-Shirt mit viel Glitzer drauf.
Der Sohn hat offenbar schlechte Laune
und tritt immer wieder gegen das Auto.
Und diese Leute fliegen
mit demselben Flugzeug wie wir?
Ich habe ein schlechtes Gefühl.

Die Dame aus dem Büro steht plötzlich neben uns
und fragt den Mann:
„Sind Sie Familie Oldenkötter?
Ich brauche Ihre Flugtickets, bitte.
Dann können Sie auch schon einsteigen."

Ich war so damit beschäftigt, diese Leute
anzustarren, dass ich den Flug vergessen habe.

Lars packt mich am Arm
und zieht mich in Richtung Flugzeug.

Da steht es – ein winzig kleines Flugzeug.
Damit sollen wir nach Helgoland fliegen?
Lars hält mich immer noch fest.
„Los jetzt, stell dich nicht so an."
Neben dem Flugzeug steht der Pilot.
Es ist ein dünner alter Mann mit einer dicken Brille.
Ich spüre, wie meine Beine anfangen zu zittern.

„Lars, ich glaube, ich schaffe das nicht."
„Doch, du schaffst das."
Lars schiebt mich in das Flugzeug.
Ich sitze direkt hinter dem Piloten.
Ich schließe meine Augen
und denke über mein Leben nach.
Lars schnallt mich an und setzt sich neben mich.
Familie Oldenkötter braucht ein bisschen länger.
Dann sind wir alle im Flugzeug und es geht los.

Kapitel 4
Ankunft auf Helgoland

Der Junge sitzt hinter mir.
Er heißt Kay-Uwe und ist ungefähr zwölf Jahre alt.
Aber er benimmt sich wie ein Kleinkind.

Ständig tritt er gegen den Sitz.
Oder er heult, weil ihm irgendwas nicht passt.
Sein Vater brüllt ihn an.
Dann schimpft die Mutter mit dem Vater,
weil er den Jungen anbrüllt.
Eine herrliche Stimmung!

Ich öffne vorsichtig die Augen.
„Schau mal“, sagt Lars.
„Siehst du die Segelboote da unten?“
Hinter mir tritt Kay-Uwe gegen den Sitz.
Ich nicke und lasse die Augen auf.

Der Flug ist schnell zu Ende
und das Flugzeug setzt zur Landung an.
Ich schließe die Augen wieder.
Das Flugzeug wackelt ein bisschen bei der Landung.
Dann fängt der Pilot an zu bremsen.
Hinter mir schreit Frau Oldenkötter:
„Das ist aber eine kurze Landebahn.
Wir fallen ja gleich ins Wasser!“
Natürlich passiert das nicht.
Aber Kay-Uwe hat wieder angefangen zu heulen.

Ich bin sehr froh und auch
ein bisschen stolz auf mich.
Ich habe den Flug überlebt.
An den Rückflug will ich jetzt noch nicht denken.

„Ich brauche jetzt erst mal einen Kaffee“,
sage ich zu Lars.
„Aber nicht hier“, antwortet Lars.
„Ich will diese nervige Familie loswerden.
Lass uns mal zum Hafen laufen.“
Lars macht schon die ersten Schritte,
bevor ich überhaupt antworten kann.
„Zum Hafen? Willst du etwa auch gleich
in den Segel-Laden?
Dann müssen wir die Sachen
den ganzen Tag mit rumschleppen.“
Ich bin nicht so begeistert von seiner Idee.
Lars überlegt einen Moment.
„Ja, du hast recht.
Das Einkaufen machen wir lieber zum Schluss.“

Wir laufen also los in Richtung Hafen.
Da wird es sicher ein nettes Lokal geben,
wo wir Kaffee trinken können.
Aber was wir danach machen wollen,
wissen wir noch nicht.

„Ich denke, wir laufen bis zum Leucht-Turm
und dann am Strand entlang.
Vielleicht können wir da irgendwo Mittag essen.
Und dann kaufen wir deine Segel-Kleidung
und gehen zum Flugplatz zurück.“
Das ist mein Vorschlag.

Lars ist damit nicht einverstanden.
„Ich habe keine Lust,
bei der Wärme so lange rumzulaufen."

Wir streiten ein bisschen hin und her.
Deswegen fällt uns auch gar nicht auf,
wie der Himmel sich verändert hat.
Er ist plötzlich nicht mehr strahlend blau,
sondern grau.
Es ist auch windiger geworden.
Außerdem merke ich,
dass ich dringend auf Toilette muss.

Am Hafen ist leider noch nicht viel los.
„Da hinten ist eine Kneipe, die schon auf hat",
sage ich zu Lars.
Mit großen Schritten gehe ich auf die Kneipe zu.

Kapitel 5
Erst mal einen Kaffee

Im ersten Moment sehe ich gar nichts,
als ich die Tür aufmache.
Drinnen ist es sehr dunkel.
Dann erkenne ich eine sehr blonde Frau am Tresen.
Weiter hinten sehe ich auch
das Schild mit der Aufschrift „Toiletten".

Ich lächle die Frau an und sage:
„Ich hätte gerne einen Kaffee."
Lars fragt auch noch etwas,
aber das höre ich nicht mehr.
Die Toilette ist erst mal wichtiger.

Als ich zurückkomme, sitzt Lars am Tresen.
Vor ihm stehen eine Cola und ein Kaffee.
Ich klettere auf den wackligen Hocker neben ihm.
Lars sagt:
„Ich wollte ja eigentlich draußen sitzen.
Aber die Bedienung muss erst die Tische abwischen.
Das kann ein bisschen dauern, hat sie gesagt."

Wir trinken jeder einen Schluck von unseren
Getränken und verziehen die Gesichter.
Die Cola und der Kaffee sind beide lauwarm.
Der Tresen ist auch nicht besonders sauber.
Hier werden wir wohl nicht lange bleiben.

Als wir gehen wollen,
fängt es draußen an zu regnen.
„Na toll", sagt Lars und schaut mich genervt an.
„Ja, was?", antworte ich.
„Kann ich jetzt was für das doofe Wetter?"

Der Regen wird so heftig,
dass wir erst mal hierbleiben müssen.

Lars bestellt einen Schnaps,
der furchtbar riecht.
Wir streiten die ganze Zeit, über alles Mögliche.
Irgendwann bestelle ich mir auch so einen Schnaps.
Er wärmt ganz gut,
auch wenn er nicht gut schmeckt.
Eine Stunde später können wir die Kneipe verlassen.
Der Regen hat fast aufgehört.
Ich kaufe mir trotzdem im nächsten Laden
eine Regenjacke.

Kapitel 6
Es wird nicht mehr besser

Der Rest des Tages ist eine einzige Katastrophe.
Eine große Welle von Touristen ist mittlerweile
auf Helgoland angekommen.
Überall laufen Menschen herum.
Auf den Straßen, am Hafen, am Strand.
Alles ist überfüllt.
Wir finden keinen Platz zum Mittagessen.
Immer wieder fängt es an zu regnen.

Lars ist total nass und schlecht gelaunt.
„Wenn ich jetzt nicht bald was zu essen bekomme,
werde ich echt sauer.
Das ist wirklich der schlimmste Tag meines Lebens.“

Ich bin zwar nicht so nass wie er,
aber Hunger habe ich auch.
„Was soll ich jetzt machen?
Ich kann doch auch nichts dafür,
dass es hier so voll ist."

In dem Moment sehen wir Herrn Oldenkötter,
der uns zuwinkt.
„Hallo! Na, Sie sind ja ganz schön nass geworden.
Brauchen Sie ein trockenes Plätzchen?
Wir haben in einer Kneipe einen Tisch bestellt.
Aber jetzt will unser Sohn ins Museum gehen.
Wenn Sie möchten, können Sie den Tisch haben.
Da sitzt man wenigstens schön trocken."

Lars bedankt sich herzlich.
„Das ist aber wirklich nett von Ihnen.
Es ist ja alles so voll hier."
Auch ich lächle Herrn Oldenkötter an.
„Wie heißt denn die Kneipe?"
„Die heißt *Bei Manni*.
Die ist gleich da hinten die Straße runter.
Viel Spaß noch und bis heute Abend."

Bei Manni?
Ich glaube es nicht.
Das ist die Kneipe,
in der wir vorhin schon einmal waren.

Die mit den schmutzigen Tischen
und dem lauwarmen Kaffee.
Aber Lars ist jetzt alles egal.
Er will nur irgendwohin,
wo es warm und trocken ist.

Wir gehen also zurück zu der Kneipe.
Die blonde Frau steht am Tresen und raucht.
Als Lars nach etwas zum Essen fragt,
zuckt sie mit den Schultern.
„Die Küche ist eigentlich schon zu.
Ich kann nur Gulasch-Suppe und Brot anbieten."

Wir sitzen an einem schmutzigen Tisch.
Die Gulasch-Suppe schmeckt furchtbar.
Noch ein Glas von dem scheußlichen Schnaps
hilft auch nicht gegen unsere schlechte Laune.
Lars und ich schweigen uns an.
Was sollen wir auch sagen?
Der ganze Tag ist einfach nur schrecklich.

Um vier Uhr nachmittags
schaue ich auf meine Armbanduhr.
„Wir müssen bald zurück zum Flughafen.
Du willst doch noch deine Segel-Kleidung kaufen",
sage ich zu Lars.
„Na, dann aber schnell", erwidert er.
„Ich bin doch nur deswegen hierhergekommen. Das

wäre wirklich blöd,
wenn ich dieses Angebot verpassen würde."

Draußen regnet es wieder heftiger.
Obwohl der Segel-Laden nicht weit weg liegt,
ist Lars schon wieder total nass.
Wir stehen vor dem Laden.
Drinnen sieht es dunkel aus.
Lars drückt die Türklinke nach unten.
Die Tür ist abgeschlossen.
Ich deute auf einen Zettel an der Tür.

Liebe Kunden, wegen einer Familien-Feier
schließen wir heute bereits um 15.30 Uhr.
Wir sind gerne morgen wieder für Sie da.

Ich sehe Lars an.
Lars sieht mich an.
So viel Pech kann man wirklich
nur einmal im Leben haben.

Unser gemeinsames Leben war nach diesem Tag
dann auch bald endgültig zu Ende.

Wörterliste

Seite 7: Schwimm-Abzeichen
Eine Prüfung beim Schwimmen. Je nachdem, wie lange jemand schwimmen kann, gibt es verschiedene Abzeichen.

Seite 7: in Rente sein
wenn man ein bestimmtes Alter erreicht hat und nicht mehr arbeiten geht. Diese Lebens-Zeit nennt man Rente.

Seite 7: Diät
Wenn jemand zu dick ist, kann er versuchen, weniger zu essen. Dann nimmt er ab und hat wieder eine bessere Figur.

Seite 8: Sylt
eine große Insel in der Nordsee

Seite 9: Terrasse
Sitzplatz im Garten mit festem Untergrund

Seite 11: Spray
hier: ein Putzmittel, das man sprühen kann

Seite 12: Bowle
ein Getränk aus Wein, Sekt und Früchten

Seite 22: Olympiade
ein großer Sport-Wettbewerb, der alle vier Jahre in einem anderen Land stattfindet

Seite 23: Urkunde
ein Stück Papier, auf dem besondere Leistungen oder Prüfungs-Ergebnisse aufgeschrieben sind

Seite 29: Clique
eine Gruppe von Freunden

Seite 30: umdichten
einen neuen Text zu einem Lied erfinden

Seite 32: Elbe
großer Fluss, der durch Hamburg fließt

Seite 36: Laptop
englisch: ein tragbarer kleiner Computer

Seite 37: DJ
englisch: kurze Form für „Disc-Jockey“. So nennt man jemanden, der bei einer Party oder in einer Diskothek die Musik auflegt.

Seite 38: Häppchen
Essen für eine Party. Meistens sind es kleine belegte Brote, die mit Obst oder Gemüse verziert werden.

Seite 41: ***Das Traumschiff***
eine Serie im Fernsehen über Reisen mit einem großen Schiff. In den meisten Folgen verlieben sich zwei Menschen ineinander und feiern zum Schluss Hochzeit.

Seite 42: knutschen
anderes Wort für küssen

Seite 44: Klamotten
Kleidung

Seite 44: Kabine
Gäste-Zimmer auf einem Schiff

Seite 45: Champagner
ein besonders teures Getränk, ähnlich wie Sekt

Seite 47: Marseille
eine Hafen-Stadt in Frankreich

Seite 50: Monaco
ein kleines Land am Mittelmeer

Seite 52: Casino
In einem Casino kann man verschiedene Glücks-Spiele um Geld spielen. Es gibt dort auch Automaten, an denen man Geld gewinnen kann.

Seite 54: Korsika
französische Insel im Mittelmeer

Seite 61: Helgoland
eine große Insel in der Nordsee

Seite 63: Whiskey
ein starkes alkoholisches Getränk

Seite 65: Passagier
hier: ein anderes Wort für Flug-Gast

Seite 70: Tresen
ein langer hoher Holz-Tisch in einer Kneipe

Seite 72: Katastrophe
hier: wenn alles schiefgeht